JN437338

헌사

헌사

오장환 지음

한국 시집 초간본 100주년 기념판 — 바람

일러두기

1. 이 책의 텍스트는 1939년 7월 20일에 발행된 『헌사』의 초간본이다.
2. 표기는 원칙적으로 현행 맞춤법에 따랐다. 그러나 특별한 시적 효과와 관련된다고 판단되는 경우는 원문의 표기를 그대로 두었다.
3. 한자는 한글로 고치되, 꼭 필요한 경우는 괄호 처리 하였다.
4. 편자 주는 후주로 처리하였다.
5. 한 편의 시가 다음 면으로 이어질 때 연이 나뉘면 첫 번째 행 상단에 줄 비움 기호(>)를 넣어 구분하였다.

할렐루야

곡성이 들려온다. 인가에 인가가 모이는 곳에.

날마다 떠오르는 달이 오늘도 다시 떠오고

누런 구름 쳐다보며
망토 입은 사람이 언덕에 올라 중얼거린다.

날개와 같이
불길한 사족수(四足獸)의 날개와 같이
망토는 어둠을 뿌리고

모든 길이 일제히 저승으로 향하여 갈 제
암흑의 수풀이 성문을 열어
보이지 않는 곳에 술 빚는 냄새와 잠자는 꽃송이.

다만 한 길 빛나는 개울이 흘러……
망토 위의 모가지는 솟치며

그저 노래 부른다.

저기 한 줄기 외로운 강물이 흘러
깜깜한 속에서 차디찬 배암이 흘러…… 사탄이 흘러……
눈이 따갑도록 빨간 장미가 흘러……

심동(深冬)

눈 쌓인 수풀에
이상한 산새의
시체가 묻히고

유리창이 모두 깨어진
양관(洋館)에서는
샴페인을 터트리는 소리가 들려온다.

언덕 아래
저기 아 저기 눈 쌓인 시냇가에는
어린아이가 고기를 잡고

눈 위에 핀 숯불은
빨갛게
죽음은 아, 죽음은 아름답게 불타오른다.

나의 노래

나의 노래가 끝나는 날은
내 가슴에 아름다운 꽃이 피리라.

새로운 묘(墓)에는
옛 흙이 향그러
내 노래는 벗과 함께 느끼었노라.

나의 노래가 끝나는 날은
내 무덤에 아름다운 꽃이 피리라.

석양

보리밭 고랑에 드러누워
솟치는 종다리며 떠가는 구름장이며
울면서 치어다보았노라.

단 한번
나는 울지도 않았다.

새야 새 중에도 종다리야
화살같이 날아가거라

나의 슬픔은
오직 님을 향하여

나의 과녁은
오직 님을 향하여

단 한번

기꺼운 적도 없었더란다.

슬피 바래는* 마음만이
그를 좇아

양지 쪽의 묘지는
사랑보다 다숫하거니

쓸쓸한 대낮에
달이나 뜨려무나
조그만 도회의 생철 지붕에……

체온표(體溫表)

어항 안
게으른 금붕어

나비 같은 넥타이를 달고 있기에
나는 무엇을 하면 옳겠습니까

나래 무거운 회상에 어두운 거리
하나님이시여! 저무는 태양
나는 해바라기 모양 고개 숙이고 병든 위안을 찾아다니어

고층의 건축이건만
푸른 하늘도 창 옆으로는 가까이 오려 않는데
탁상에 힘없이 손을 내린다.
먹을 수 없는 탱자 열매 가시나무 향내를 코에 대며……

주판알을 굴리는 작은 아씨야
너와 나는 빈 지갑과 사무를 바꾸며

오늘도 시들지 않느냐

화병에 한 떨기 붉은 장미와 히아신스 너의 청춘이, 너의 체온이……

The Last Train

저무는 역두(驛頭)에서 너를 보냈다.
비애야!

개찰구에는
못 쓰는 차표와 함께 찍힌 청춘의 조각이 흩어져 있고
병든 역사(歷史)가 화물차에 실리어 간다.

대합실에 남은 사람은
아직도
누굴 기다려

나는 이곳에서 카인을 만나면
목 놓아 울리라.

거북이여! 느릿느릿 추억을 싣고 가거라
슬픔으로 통하는 모든 노선이
너의 등에는 지도처럼 펼쳐 있다.

무인도

나의 지대함은 운성(隕星)과 함께 타버리었다

아직도 나의 목숨은 나의 곁을 떠나지 않고
언제인가 그 언제인가
허공을 스치는 별납과 같이
나의 영광은 사라졌노라

내 노래를 들으며 오지 않으려느냐
독한 향취를 맡으러 오지 않으려느냐
너는 귀 기울이려 아니 하여도
딱따구리 썩은 고목(枯木)을 쪼는 밤에 나는 한 걸음 네 앞에 가마

표정 없이 타오르는 인광(燐光)이여!
발길에 채는 것은 무거운 묘비와 담담한 상심
천변 가까이 까마귀 떼는 왜 저리 우나
오늘 밤 아! 오늘 밤에는 어디쯤 먼 곳에서
물에 뜬 송장이 떠나오려나

헌사 Artemis*

마귀야 땅에 끌리는 네 검은 옷자락으로 나를 데려가거라
늙어지는 밤이 더욱 다가들어
철책 안 짐승이 운다.

나의 슬픈 노래는 누굴 위하여 불러 왔느냐
하염없는 눈물은 누굴 위하여 흘려 왔느냐

오늘도 말 탄 근위병의 발굽 소리는
성 밖으로 달려갔다.

나도 어디쯤 조그만 카페 안에서
자랑와 유전(遺傳)이 든 지갑 마구리를 열어 헤치고
만나는 청년마다 입을 맞추리

충충한 구름다리 썩은 은기둥에 기대어 서서
기이한 손님아 기다리느냐
붉은 집 벽돌담으로 달이 떠온다

>

저 멀리서 또 이 가까이서도
나의 오장에서도 개울물이 흐르는 소리
스틱스*의 지류인가 야기(夜氣)에 번쩍거리어
이 밤도 또한 이 밤도 슬픈 노래는 이슬비와 눈물에 적셔졌노니

청춘이여! 지거라
자랑이여! 가거라
쓸쓸한 너의 고향에……

싸느란 화단

싸느란 제단이로다
젖은 풀잎이로다

해가 천명(天明)에 다다랐을 때
뉘 회한의 한숨을 들이키느뇨

짐승들의 울음이노라
잠결에서야
저도 모르게 느끼는 울음이노라

반추하는 위장과 같이
질긴 풍습이 있어
내 이 한 밤을 잠들지 못하였노라

석유불을 마셔라
등잔 아울러 삼켜 버려라
미사 종소리

보슬비 모양 흐트러진다

조그만 어둠을 터는 수탉의 날개
싸느란 제단이로다
기온이 얕은 풀섶이로다

언제나 쇠창살 밖으론
떠가는 구름이 있어
야수들의 회상과 함께 자유롭도다

북방의 길

눈 덮인 철로는 더욱이 싸늘하였다
소반 귀퉁이 옆에 앉은 농군에게서는 송아지의 냄새가 난다
힘없이 웃으면서 차만 타면 북으로 간다고
어린애는 운다 철마구리* 울 듯
차창이 고향을 지워 버린다
어린애가 유리창을 쥐어뜯으며 몸부림친다

상렬(喪列)

고운 달밤에
상여야, 나가라
처량히 요령 흔들며

상주도 없는
삿갓가마에
나의 쓸쓸한 마음을 싣고

오늘 밤도
소리 없이 지는 눈물
달빛에 젖어

상여야 곱다
어두운 숲속
두견이 목청은 피에 적시어……

영원한 귀향

옛날과 같이 옛날과 조금도 다름이 없이
밤마다
바다는 희생을 노래 부르고

항상 돌이키고 다시 돌아서는
고독과 무한한 신뢰에
바다여!
내 몸을 쓸어 가는 성난 파도

부두에 남겨 둔 애상은 어떤 것인가

진정 나도 진정으로 젊은이를 사랑했노라.
왔다는 다시 갈 오— 영원한 귀향

계후조(季候鳥)는 떠난다.
암초에 세인트헬레나에 흰 새똥을 남기고.

영회

후면에 누워 조용히 눈물지어라.
다만 옛을 그리어
궂은비 오는 밤이나 왜가새 나는 밤이나

조그만 돌다리에 서성거리며
오늘 밤도 멀리 그대와 함께 우는 사람이 있다.

경(卿)이여!
어찌 추억 위에 고운 탑을 쌓았는가
애수가 분수같이 흐트러진다.

동구 밖에는 청냉(淸冷)한 달빛에
허물어진 향교 기왓장이 빛나고
댓돌 밑 귀뚜리 운다

다만 울라
그대도 따라 울어라

>

위태로운 행복은 아름다웠고
이 밤 영회(咏懷)의 정은 심히 애절타
모름지기 멸하여 가는 것에 눈물을 기울임은
분명, 멸하여 가는 나를 위로함이라. 분명 나 자신을 위로함이라.

적야(寂夜)

적요한 마음의 영지(領地)로, 검은 손이 나를 찾아 어루만진다. 흐르는 마을의 풍경과 회상 속에서 부패한 침묵을 따라 끝없이 올라가는 녹슨 궤도와 형해(形骸)조차 볼 수 없는 조그만 기관차의 연속하는 차바퀴 소리.

기적이 운다. 쓸쓸한 마음속에만이 들려오는 마지막 차의 울음소리라, 나는 얼결에 함부로 운다. 그래, 이 밤중에 누가 나를 찾을까 보냐. 누가 나에게 구원을 청할까 보냐.

쇠잔한 인생의 청춘 속에 잠기는 것은 오직 묘지와 같은 기억과 고적뿐 이도 또한 가장 정확한 나의 목표와 같다 기적이여! 울어라 창량(愴凉)히…… 종점을 향하는 조그만 차야! 너의 창에 덮이는, 매연이나 지워 버리자 지워 버리자.

나폴리의 부랑자

어둠과 네온을 뚫고 작은 강물은 나폴리로 흘러내렸다.
부두에 묵묵히 앉아
청춘은 어떠한 생각에 잠길 것인가,
항구의 개울은 비린내에 섞이어 피가 흘렀다.
무거이 고개 숙이면
사원의 종소리도 들려오나
육중한 바닷물은, 끝없이 철석거리어
기다란 지팡이로 아라비아 숫자를 그려 보며 마른 빵쪽을 집어던졌다.
글쎄 이방(異邦) 귀족이라도 좋지 않은가
어느 나라 삼등선에서 부는 보일러 소리
연화가(煙花街)의 계집이 짐을 내리고
공원 가까이 비둘기 떼는 구구 운다
도미노*의 쓰디쓴 웃음을 웃으나
마지막 비로드의 검은 망토를 벗어 버리나
붉은 벽돌담에 기대어 서서 떠가는 구름 바라보면 그만 아닌가

밤이면 흐르는 별이며 작은 강물에 나폴리는 함촉이 젖어
충충한 가로수 아래
꽃 파는 수레에도 등불을 끈다.
호젓한 뒷거리에 휘파람 불며
네가 배울 것은 네가 생각하는 것은 무엇이겠나
말없이 담배만 빨고 돌층계에 기대어 앉아
포도(鋪道) 위의 야윈 조약돌을 차내 버리다.

불길한 노래

나요. 오장환이오. 나의 곁을 스치는 것은, 그대가 아니오. 검은 먹구렁이요. 당신이오.
외양조차 날 닮았다면 얼마나 기쁘고 또한 신용하리요.
이야기를 돌리오. 이야길 돌리오.
비명조차 숨기는 이는 그대요. 그대의 동족뿐이오.
그대의 피는 거멓다지요. 붉지를 않고 거멓다지요.
음부 마리아 모양, 집시의 계집애 모양,

당신이오. 충충한 아가리에 까만 열매를 물고 이브의 뒤를 따른 것은 그대 사탄이오.
차디찬 몸으로 친친이 날 감아 주시오. 나요. 카인의 말예(末裔)요. 병든 시인이오. 벌(罰)이오. 아버지도 어머니도 능금을 따 먹고 날 낳았소.

기생충이오. 추억이오. 독한 버섯들이오.
다릿한 꿈이오. 번뇌요. 아름다운 뉘우침이오.
손발조차 가는 몸에 숨기고, 내 뒤를 좇는 것은 그대 아니오. 두엄자리에 반사(半死)한 점성사, 나의 예감이오. 당신이오.

견딜 수 없는 것은 낼릉대는 혓바닥이오. 서릿발 같은 면도날이오.

괴로움이오. 괴로움이오. 피 흐르는 시인에게 이지(理智)의 프리즘은 현기롭소.

어른거리는 무지개 속에, 손가락을 보시오. 주먹을 보시오.

남빛이오. 빨갱이요. 잿빛이오. 잿빛이오. 빨갱이요.

황무지

1

황무지에는 거친 풀잎이 함부로 엉클어졌다.
번지면 손가락도 베인다는 풀,
그러나 이 땅에도
한때는 썩은 과일을 찾는 개미 떼같이
촌민과 노라리꾼*이 북적거렸다.
끊어진 산허리에,
금(金)들이 나고
끝없는 노름에 밤별이 헤이고
논우멕이* 도야지 수없는 도야지
인간들은 인간들은 웃었다 함부로
웃었다
　웃었다!
웃는 것은 우는 것이다
사람 쳐놓고 원통치 않은 놈이 어디 있느냐!
폐광이다

황무지 우거진 풀이여!
문명이 기후조(氣候鳥)와 같이 이곳을 들러간 다음
너는 다시 원시의 면모를 돌이키었고
엉큰 풀 우거진 속에 이름조차 감추어 가며……
벌레 먹은 낙엽같이 동구(洞口)에서 멀리하였다

2

저렇게 싸느란 달이 지구에 매어달려
몇 바퀴를 몇 바퀴를 몇 바퀴……를 한없이 돌아나는 동안
세월이여!
너는 우리에게서 원시의 꿈도 걷어들였다
죽어진 나의 동무는 어디 있느냐!
매운 채찍은 공간에 울고
슬픔을 가린 포장 밖으로 시커멓게 번지는 도화역(道化役)의 커다란 그림자

유리 안경알에 밤안개는 저윽이 서리고
항상
꿈이면 보여 주던 동무의 나라도
이제 오랜 세월에 퇴색(褪色)하여
나는 꿈속 어느 구석에서도 선명한 색채를 보지는 못하였다
우거진 문명이여?
엉큰
　풀
너는 우리에게 무엇을 알려 주었나

3

광부의 피와 살점이 말라붙은 헌 도로코*
폐역(廢驛)에는 달이 떴다
텅 빈 교회당 다 삭은 생철 지붕에

십자가 그림자
　　　비
　　뚜
로
누이고
양인(洋人) 당인(唐人).* 광산가의 아버지, 성당의 목사도
기업과
술집과 여막(旅幕)을 따라 떠돌아 가고
궤도의 무수한 침목
끝없는 레일이 끝없이 흐르고 휘고
썩은 버섯 질긴 비듬풀!
녹슨 궤도에 엉클어졌다
해설피 장마철엔
번갯불이
　　쐉—
쐉— 하늘과 구름을 갈라
다이너마이트 폭발에

산맥도 광부도 경기(景氣)도 웃음도 깨어진 다음
빈 대합실 문 앞에는 석탄 쪼가리
싸느란 달밤에
잉, 잉,
잉, 돌덩이가 울고
무인경(無人境)에
달빛 가득 실은 헌 도로코이 스스러이 구른다.
부엉아! 너의 우는 곳은 어느 곳이냐
어지러운 회오리바람을 따라
불길한 뭇 새들아 너희들의 날개가 어둠을 뿌리고 가는 곳은 어느 곳이냐

*

12쪽 〈바래다〉는 〈기다리다〉의 충북 방언이다.

17쪽 〈Artemis〉는 그리스 신화에 나오는 〈달의 여신〉이다

18쪽 〈스틱스〉는 그리스 신화에서 〈저승 주위를 돌아 흐르는 강〉이다. 죽은 자는 이 강을 건너야 저승에 닿는다.

21쪽 〈철마구리〉는 〈참개구리〉를 뜻한다.

27쪽 〈도미노〉는 〈가장무도회 때 쓰는 복면 두건, 또는 두건이 붙은 외투〉를 말한다.

31쪽 〈노라리꾼〉은 〈건들거리며 세월을 보내는 건달〉을 뜻한다. 최두석은 〈논우멕이〉에 대해 물건을 갈라 나누는 일을 뜻하는 〈노느매기〉로 해석한다.

33쪽 〈도로코〉는 〈탄광 등에서 사용되는 궤도 열차〉를 뜻한다.

34쪽 〈양인(洋人) 당인(唐人)〉은 원문에 〈洋 唐人〉으로 되어 있다. 탈자된 것으로 보인다.

해설

오장환과 『헌사』

오장환은 1918년 충북 보은에서 유복한 가정의 서자(庶子)로 태어났다. 1927년 경기도 안성으로 이사하여 안성공립보통학교를 졸업하였으며 1931년 휘문고보에 입학하였다. 휘문고보 재학 시 그는 정지용에게서 시를 배웠다. 정지용은 그가 가장 인상적인 제자 중 한 사람이었다고 회고하였다.

그는 열여섯 되던 1933년 『조선문학』에 「목욕간」을 발표하면서 작품 활동을 시작하였다. 1934년 일본으로 건너가 지산(智山) 중학교를 수료하였고 메이지 대학 전문부를 중퇴하였다. 일본에서 유학하던 이 시기에 오장환은 〈낭만〉, 〈시인부락〉 동인(1936), 〈자오선〉 동인(1937)으로 참가하면서 본격적인 문학 활동을 시작했다. 1937년에는 첫 시집 『성벽』을 자비로 출판했다. 1938년에 귀국한 그는 서울 종로구 관훈동에 남만서방(남만서점)을 개업했다. 두 번째 시집 『헌사』는 자신이 운영하던 이 서점에서 발행되었다.

해방 후 시작 활동을 재개한 그는 1946년 조선문학가동

맹에 가담하여 좌파 문인으로 활동하였다. 이해에 번역시집인 『예세닌 시집』과 네 번째 시집 『병든 서울』을 간행했고, 몇 편의 시를 추가하여 첫 시집 『성벽』 재판을 펴냈다. 1947년에는 세 번째 시집 『나 사는 곳』을 간행했다. 『나 사는 곳』이 『병든 서울』보다 뒤늦게 출간되었지만 여기에 수록된 작품들은 해방 이전에 쓰인 것들이다. 그러나 『나 사는 곳』에 실린 시들이 모두 해방 전에 쓰인 것인지에 대해서는 좀 더 면밀한 고찰이 필요하다. 서른 살이 된 이해에 그는 결혼하였고, 11월 이후 월북한 것으로 보인다.

1948년에는 산문집 『남조선의 문학 예술』을 발간하였으며 지병인 신장병 치료차 모스크바로 갔다. 1950년 북에서 발간된 『붉은 기』는 소련 기행 시집이다. 1951년에 병사하였다.

첫 시집 『성벽』에서 오장환은 병적이고 퇴폐적인 이미지들을 충격적으로 보여 준다. 여기에는 세상으로부터 버림받은 청춘의 울부짖음이 가득하다. 오장환은 기존의 유교적 질서에도 욕됨을 느끼고 새로운 근대의 모습에 대해서도 절망감을 느낀다. 그의 영혼은 안주할 곳을 찾지 못하고 헤매면서, 매음녀와 부랑자, 도박과 아편, 올빼미, 파충류, 시체, 주정뱅이 등의 이미지로 세상에 대한 자신의 절망감을 표현한다. 그러나 두 번째 시집 『헌사』에서는, 현실에 대한 비애와 허무감을 더욱 단정하고 세련된 언어로 그리고 있으며 또 삶의 시련에 대한 한결 성숙한 태도를 보여 준다. 그런 만큼 소재상의 충격성은 약화된 편이다. 세 번째 시집 『나 사는 곳』의 시들은 더욱 안정된 의식을 보여 주며, 젊은 시절의 탕아 의식에서 벗어나 고향에 대한 간곡한 그리움을 주로 노래한다. 이 시집의 시들은 또한 짜임새나 언어적 안정감의 면에서도 이전 시집들의 시보다 현격하게 뛰어난 성취를 보인다. 한편 해방 직후에 씌어진 시들을 묶은 시집 『병든 서울』은 해방 공간의 부정적 현실과 자기 자신에 대한 솔직한 비판 그리고 도래할 새 세계에 대한 믿음을 직설적으로 노래한다. 시적 긴장은 다소 약한 듯하지만, 당시의 정치적이고 선동적인 시들에 비해서는 월등한 시적 성취를 보여 준다. 그의 시들은 언제나 황폐한 현실에 대한 비애의 정서를 바탕으로 하면서도, 시집별로 비교적 선명하게 변모하는 모습을 보여 준다.

오장환의 두 번째 시집 『헌사』는 1939년 7월 20일 그 자신이 운영하던 남만서방에서 발행되었으며 총 17편의 시를 수록하고 있다. 첫 시집 『성벽』에서와 마찬가지로 이 시집 또한 세상으로부터 버림받은 젊음의 비애와 허무가 가득하다. 과거의 질서와 가치는 병들었고 미래의 전망은 암담하기만 한 현실 속에서 시인의 상상력은 죽음과 소멸의 이미지에 매달린다. 〈암흑의 수풀〉, 〈물에 뜬 송장〉, 〈딱따구리 썩은 고목을 쪼는 밤〉, 〈병든 역사(歷史)〉, 〈싸느란 제단〉 등과 같은 어둡고 우울한 이미지들은, 시집 속의 어떤 시를 들춰 보아도 어렵지 않게 찾아볼 수 있는 것들이다. 그러나 이러한 이미지들은 첫 시집의 시편들에서와는 달리 소재적 충격성이 약화된 대신, 어두운 내면의 울림을 전해 준다. 예를 들어 시인은 황무지와 같은 현실의 암담함에 대해서 〈불길한 뭇 새들아 너희들의 날개가 어둠을 뿌리고 가는 곳은 어느 곳이냐〉라고 노래한다. 또 〈눈 위에 핀 숯불은 / 빨갛게 / 죽음은 아, 죽음은 아름답게 불타오른다〉는 구절에서, 죽음의 이미지는 아름다운 느낌으로 표현되기도 한다. 「북방의 길」, 「황무지」 「불길한 노래」, 「The Last Train」 등은 이러한 인상적인 이미지와 탄식의 어조를 잘 활용하여 식민지 시대의 암울한 현실을 노래한 수작들이다. 특히 〈저무는 역두에서 너를 보냈다. / 비애야〉라는 인상적인 구절로 시작되는 「The Last Train」은, 화물차와 못 쓰는 차표와 거북등 같은 길의 이미지로 병든 현실과 방황하는 청춘의 비애감을 노래한 오장환의 대표작이다. 이 작품은 〈병든 역사와 덧난 청춘과 기다림의 허망함과 세계에 미만해 있는 슬픔을 노래한 1930년대 말의 절망의 절창〉이라는 찬사를 받기도 했다.

한편, 과장된 감정의 토로와 이국적인 것에 대한 피상적 경도는 『헌사』의 약점으로 지적될 수 있다. 〈음부 마리아〉 같은 신성 모독적인 구절, 〈사탄〉 〈배암〉 〈카인〉 등 악마적인 소재들은 절실한 체험과 깊은 사유에 의해 선택된 것이라기보다는 〈저주받은 시인〉이기를 자처하는 자의 포즈처럼 느껴진다. 그것은 그리스 신화를 끌어들인 표제시 「헌사 Artemis」, 이탈리아의 도시를 배경으로 내면 풍경을 펼친 「나폴리의 부랑자」의 경우도 마찬가지이다. 『헌사』가 발간된 즈음, 민태규는 이 시집의 시들이 〈공상적 로맨티시즘〉에 함몰되었다고 비판하기도 했다. 그러나 암울한 시대 속에서 방황하는 청춘의 비애와 허무를 『헌사』만큼 절실하게 노래한 시집은 달리 찾아보기 힘들다. 여기에 실린 시들은 1930년대의 어두운 시대와 그 속에서 절망하는 젊은이의 내면 풍경을 인상적으로 보여 준다.

이남호(고려대학교 명예교수)

편자의 말

한국 현대시를 대표할 만한 시집들의 초간본을 다시 출간하는 일은 과거를 오늘에 되살리는 일이라기보다는 점점 과거 속으로 사라져 가는 것에 새로운 생명을 부여하여 여전히 오늘의 것이 되게 하는 일이라고 생각한다. 한국 현대시 100년의 역사는 많은 훌륭한 시집을 남겼다. 많은 훌륭한 시집들이 모여서 한국 현대시 100년의 풍요를 이루었다고 말할 수도 있다. 그러한 시집들을 계속 살아 있게 하는 일은 시를 사랑하는 사람의 의무일 것이다.

그러나 이러한 작업은 겉으로 드러나지 않는 수고와 신중함을 많이 요구한다. 첫째는 대표 시인을 선정하는 어려움이다. 수많은 시집들을 편견 없이 재검토해야 하는 수고도 수고지만, 선정과 배제의 경계에 있는 시집들에 대해서는 많은 망설임과 논의가 있어야 했다. 대표 시인 선정 작업이 높은 안목과 보편타당한 기준에 의해서 이루어졌는지는 시간을 두고 전문 독자들에 의해서 판단될 것이다.

두 번째 어려움은 표기에 관련된 것이다. 사실 20세기 전반기의 우리 출판과 한글 표기법의 수준은 보잘것없다.

맞춤법, 띄어쓰기, 행 가름, 연 가름 등에는 혼란스러운 곳이 많고 오식으로 보이는 부분들도 많다. 그것들은 오늘날의 독자들에게 혼란과 거북함을 줄 뿐만 아니라, 작품의 이해를 방해하기도 한다. 그리고 다른 지면에 인용될 때마다 표기가 달라지는 결과를 낳기도 한다. 근대 초기의 많은 문학 작품들을 오늘날의 표기법으로 잘 고쳐서 결정본을 확정 짓는 작업이 시급하다고 할 수 있다. 이러한 생각에서 시적 효과를 지나치게 훼손하지 않는 범위 안에서 표기를 오늘에 맞게 고쳤다. 그러나 시의 속성상 표기를 고치는 일은 조심스럽지 않을 수 없다. 단어 하나, 표현 하나마다 시적 효과와 현재의 표기법 그리고 일관성을 고려해서 번역 아닌 번역 작업을 해야 했다. 이러한 작업이 원문의 분위기를 어느 정도 훼손하는 것은 어쩔 수 없었다. 또 어떻게 고쳐야 할지 판단이 서지 않는 부분도 꽤 있었다. 어쩌면 표기와 관련해서 노력한 만큼의 성과를 얻지 못했는지도 모른다. 그러나 이러한 작업의 축적을 통해서 작품의 결정본을 만들어 나갈 수 있을 것이며, 또한 오늘의 독자에게 친숙한 작품이 될 수 있을 것이다.

초간본의 재출간 아이디어를 최초로 낸 사람은 열린책들의 홍지웅 사장이다. 그분의 남다른 문학 사랑과 출판 감각 그리고 이 작업에 대한 전폭적인 지원에 존경심을 표하고 싶다. 그리고 시집 선정과 표기 수정 및 기타 작업은 이혜원, 신지연, 하재연 선생과 팀을 이루어 했다. 이분들의 꼼꼼함과 성실함에도 존경심을 표하고 싶다. 이 총서가 문학 연구자들뿐만 아니라 일반 독자들에게도 널리 그리고 오래 사랑받기를 바란다.

이남호

한국 시집 초간본 100주년 기념판

헌사

지은이 오장환 오장환은 1918년 충청북도 보은에서 태어나 휘문고보에서 수학하였다. 1933년 『조선문학』에 「목욕간」을 발표하면서 등단했다. 1937년에 첫 시집 『성벽』을 시작으로 『헌사』, 『병든 서울』 등을 발표하고 『예세닌 시집』을 번역해 펴냈다. 1951년 작고했다.

지은이 오장환 **책임편집** 이남호 **발행인** 홍예빈 · 홍유진
발행처 주식회사 열린책들 **주소** 경기도 파주시 문발로 253 파주출판도시
전화 031-955-4000 **팩스** 031-955-4004 **홈페이지** www.openbooks.co.kr

ISBN 978-89-329-2224-9 04810 ISBN 978-89-329-2210-2 (세트)
발행일 2022년 3월 25일 초간본 100주년 기념판 1쇄

초간본 간기(刊記) **인쇄** 쇼와(昭和) 14년 7월 18일 **발행** 쇼와 14년 7월 20일 **저자 겸 발행인** 오장환(경성부 관훈정 146의 2) **인쇄인** 한동수(경성부 예지정 200번지) **인쇄소** 수영사인쇄소 **발행소** 남만서방(경성부 관훈정 146의 2)